Eugène de Mirecourt

Delaroche, Decamps

Histoire contemporaine

Antigonos

Eugène de Mirecourt

Delaroche, Decamps

Histoire contemporaine

Réimpression inchangée de l'édition originale de 1871.

1ère édition 2024 | ISBN: 978-3-38813-090-3

Antigonos Verlag est une marque de Outlook Verlagsgesellschaft mbH.

Verlag (Éditeur): Outlook Verlag GmbH, Zeilweg 44, 60439 Frankfurt, Deutschland, info@outlook-verlag.de
Vertretungsberechtigt (Représentant autorisé): E. Roepke, Zeilweg 44, 60439 Frankfurt, Deutschland
Druck (Imprimerie): Libri Plureos GmbH, Friedensallee 273, 22763 Hamburg, Deutschland

DELAROCHE

DECAMPS

DELAROCHE

DELAROCHE
DECAMPS

PAR

EUGÈNE DE MIRECOURT

119

TROISIÈME ÉDITION

PARIS

LIBRAIRIE DES CONTEMPORAINS
13, RUE DE TOURNON
Et chez tous les libraires de France et de l'étranger

1871

Tous droits réservés.

PAUL DELAROCHE

—

L'auteur du tableau du *Cromwell* est né le 16 juillet 1797. Son véritable nom est Hippolyte Delaroche. Il a pris celui de Paul en signant ses œuvres, et tout naturellement les biographes le lui conservent. Fils d'un estimateur des objets d'art à la succursale du Mont-de-Piété, son éducation scolaire fut peu suivie. Les appointements paternels étaient modestes ; ils suffisaient à peine à l'entretien de la famille. M. Delaroche père avait de remarquables connaissances en peinture et en sculpture. Ce fut tout l'héritage qu'il transmit à ses enfants.

Jules, son fils aîné, entra comme élève chez le baron Gros. Le cadet ne tarda pas à imiter son frère et à prendre la palette. Seulement, comme Jules voulait être peintre d'histoire, ils convinrent entre eux de ne pas cultiver le même genre, et Paul se plaça sous la direction d'un paysagiste appelé Watelet (1). Mais de ces deux jeunes gens, un seul annonçait pour la peinture des

----

' (1) Fils de cet ancien receveur général des finances qui a publié, en 1760, un poème en quatre chants intitulé l'*Art de peindre*.

dispositions réelles. Jules Delaroche quitta l'atelier de Gros, après avoir exposé au Louvre, sans beaucoup de succès, une figure allégorique de l'*Abondance*. Il remplaça son père à la succursale, déploya de grandes qualités administratives, et devint directeur du grand Mont-de Piété (1). Quant au héros de cette notice, il étudiait les Ruysdaël et les Claude Lorrain, tout en dessinant pour le commerce ; car, après la mort de son père, il dut chercher la subsistance quotidienne au bout de son crayon.

Vers cette époque, c'est-à-dire à la fin de 1816, une révolution éclata dans les arts. Chacun s'appliquait à démolir la vieille routine classique. Refusant de pardonner au jacobin David, les Bourbons lui enjoignaient de quitter le territoire, et ses adeptes essuyaient

(1) M. Jules Delaroche est mort il y a une vingtaine d'années.

une défaite entière. Il est vrai que la
présence du maître, dans cette bataille,
eût été impuissante et n'aurait pas
relevé le parti vaincu. Foin des Grecs
et des Romains! On en avait par-dessus
la tête. Les jeunes artistes répudiaient
un genre usé. Walter Scott et le chan-
tre de *Don Juan* faisaient merveille :
ils ouvraient aux lettres et aux arts de
larges horizons. Cinq ou six années
suffirent pour tout régénérer en peinture.

L'auteur de la *Peste de Jaffa* était l'un
des plus ardents antagonistes de David
et de son école. Paul Delaroche, voyant
son frère abandonner la lice, n'eut plus
de raison pour s'obstiner au paysage.
Il prit dans l'atelier de Gros la place
laissée vacante par le départ de Jules,
et son nouveau maître lui conseilla de
s'adonner à la peinture biblique. Nous
le voyons débuter au Salon de 1819, où
il expose *Nephtali dans le désert.* Ce premier tableau fut peu remarqué. Notre

jeune artiste ne se découragea point ; il en composa sur-le-champ deux au-tres : *Joas arraché aux bourreaux par Josabeth* et la *Descente de croix* (1).

Paul Delaroche travaillait alors dans un très-petit atelier rue des Marais-Saint-Germain. Il le quitta pour en prendre un plus vaste, rue Childebert. Puis il s'installa définitivement dans cette rue de la Tour-des-Dames, qu'on a baptisée du nom de *Nouvelle Athènes*. Mars, Duchesnois, Horace Vernet, Delaroche et Talma y avaient leur domicile, dans l'ordre que nous indiquons, et en entrant par la rue de la Rochefoucauld. Toutes ces demeures illustres étaient contiguës.

Au Salon de 1824, Paul Delaroche envoie cinq tableaux, savoir : le *Songe d'Athalie;* — *Jeanne d'Arc,* — *Saint Sébastien secouru par Irène,* — *Saint Vin-*

(1) Cette dernière toile appartient aujour-d'hui à la chapelle du Palais-Royal.

cent de Paul aux Enfants Trouvés, — et *Philippo Lippi* (1).

Le succès du jeune peintre fut immense. On peut dire que, dès lors, il conquit son rang parmi les artistes les plus célèbres du siècle. Madame la duchesse de Berry voulut acheter le *saint Sébastien* ; puis elle fit commander trois tableaux à Delaroche par le gouvernement : la *Prise du Trocadéro devant Cadix*, — un portrait du duc d'Angoulême, — et la *Mort du président Duranti*. De ces toiles, composées par ordre, la dernière est la plus remarquable. Les hautes conquêtes du Dauphin au delà des Pyrénées n'étaient pas de nature à exciter chez notre artiste un grand enthousiasme. On ne jugea même pas

(1) Reynolds a gravé ce tableau, ainsi que *Jeanne d'Arc* et les *Enfants surpris par l'orage*, exposés l'année suivante. La gravure du *saint Vincent de Paul* et celle de la *Femme italienne et de ses enfants* sont l'œuvre de Prévost.

convenable de l'envoyer étudier le terrain. Son Excellence le surintendant des beaux-arts lui dit :

— Faites-nous cela d'imagination, mon cher ! C'est facile : un feu de batteries de siége, au clair de lune ; à droite le fort, Cadix au fond... ce que vous voudrez enfin ! La croix de la Légion d'honneur est au bout.

Voilà comment la liste civile des Bourbons entendait la peinture des batailles.

Le tableau qui représente la dernière heure du président Duranti, tué sous la Ligue, est une œuvre de maître. Paul travailla huit années entières à cette toile, qui fut seulement montrée au public en 1835. Longtemps on a pu la voir au Louvre dans la deuxième salle du conseil d'Etat. Nous ignorons si elle y est encore. De 1824 à 1830, les principales œuvres offertes par l'artiste aux expositions annuelles sont : *Miss Macdonald et le Prétendant,* — la

Mort d'Elisabeth d'Angleterre, — *Augustin Carrache*, — la *Suite d'un duel*, — *Richelieu traînant Cinq-Mars et de Thou à la remorque de son bateau*, — *Mazarin jouant aux cartes la veille de sa mort*, — et *Cromwell devant le cercueil de Charles premier* (1). Ces trois tableaux sont

(1) Gravure par Henriquel Dupont. Outre le *Cromwell*, on doit au burin du même artiste une aqua-tinta du tableau qui a pour titre : *Episode d'un naufrage*. Il a aussi gravé les portraits du marquis de Pastoret et de Grégoire XVI, l'hémicycle du palais des Beaux-Arts, l'*Ensevelissement du Christ*, etc. Les autres artistes qui ont consacré leur talent à la gravure des œuvres de Paul Delaroche sont MM. Jazet, Roschi, Forster, Martinet, Prud-homme, Desclaux, Jesi, les deux Français, Mercuri, Girardet, Sixdeniers et Blanchard. Du reste, malgré ce nombre de burins habiles, la reproduction de beaucoup de toiles importantes a langui et ne s'est achevée qu'à la longue. Nous citerons, entre autres, le *Jugement de Marie-Antoinette*, — les *Enfants d'Edouard dans la tour de Londres*, — la *Vierge au pied de la croix*, — le *Christ au jardin des Oliviers*, — *Moïse exposé sur les*

les chefs-d'œuvre du grand peintre. La composition en est tout à la fois spirituelle, dramatique, profonde et d'une haute intelligence. Paul Delaroche avait abandonné complétement la peinture mystico-biblique pour se livrer à l'histoire, il nous donne, en 1831, les *Enfants d'Edouard* et *Sainte Amélie*, sujet dans le genre gracieux, commandé par la reine des Français. L'année suivante, l'Institut lui ouvre ses portes, et quelques mois après, on l'appelle à remplacer Guérin, comme professeur à l'école des Beaux-Arts.

Jamais Delaroche ne participa sous aucun prétexte à ces intrigues académiques trop communes de nos jours, et qui sacrifient insolemment la justice au triomphe du passe-droit. Voici un fait attesté par Eugène Isabey, qui le

eaux, — les *Girondins*, et ce magnifique tableau de *Jane Grey*, confié depuis 1835 à M. Mercuri.

raconte à qui veut l'entendre, en se plaignant qu'on n'en parle pas assez.

Granet venait de mourir. Il s'agissait de le remplacer à l'Institut. Eugène se présente chez Delaroche et lui demande son suffrage.

— Mon cher, lui répond l'auteur du *Cromwell*, je vous aime, certes, beaucoup, et je prise votre talent ; mais j'ai un vieil ami qui passe avant vous, c'est Robert Fleury : eh bien, je ne le nommerai pas, je vous le proteste. J'espère que Decamps se présentera. C'est un étranger pour moi, je ne l'ai jamais vu ; seulement je connais ses tableaux, et, avant tout, la conscience du vote. A mon avis, le fauteuil de Granet lui appartient.

Nous demandons s'il est possible d'être plus honorable. On était sûr de perdre l'amitié de Paul Delaroche si l'on insistait, aux élections, pour le pousser vers un acte contraire au sentiment du juste et de l'honnête.

Pendant qu'il montait aux plus glorieux échelons de la renommée, le baron Gros, en butte à une critique brutale, succombait au désespoir et se donnait la mort. On retrouva son cadavre dans la Seine, près de Meudon, le 26 juin 1835. Cette fin déplorable terrifia le monde artiste, et, sur la tombe de son ancien maître, Paul attaqua publiquement ceux dont les articles pleins de violence avaient causé la catastrophe. « — L'auteur de la *Peste de Jaffa* n'est plus! s'écria-t-il. Des critiques inconsidérés, méconnaissant les chefs-d'œuvre dont il a enrichi l'école française, n'ont pas craint d'abreuver d'amertume les derniers jours de sa glorieuse vie. La postérité, qui n'est pas ingrate, le vengera de cette persécution, qui eût été lâche si elle n'eût été ignorante! » Ce discours attira bientôt sur Delaroche lui-même le courroux des Aristarques.

De 1833 à 1835, il avait envoyé au

Louvre *Jane Grey*, scène émouvante que ne quittèrent pas les regards de la foule pendant la durée de l'exposition, et la *Mort du duc de Guise*, autre drame historique, majestueux, terrible, et d'une touche entièrement shakspearienne. En 1836, il donna *Strafford marchant au supplice*, — et *Charles Ier insulté par les soldats de Cromwell*. A l'apparition de ce dernier tableau commença la guerre des critiques, guerre aussi violente et plus injuste peut-être que celle dont le baron Gros avait été victime.

Pour comprendre ce que Delaroche dut souffrir, il faut expliquer la manière dont il procédait pour chacune de ses œuvres. Avant de jeter une idée sur la toile, il la mûrissait par de longues études, fouillait les bibliothèques publiques et particulières, compulsait les vieux recueils, les collections de gravures anciennes, l'histoire des faits, des ameublements, des costumes. La

science qu'il avait acquise par ces
recherches constantes devenait énorme.
Sa mémoire était une véritable ency-
clopédie artistique. Voilà pour la pré-
paration de l'œuvre. Quant à l'exécution, il y apportait plus d'étude encore
et plus de scrupule. Il revenait vingt
fois sur le même travail, modifiant,
retouchant sans cesse, effaçant même
une œuvre sur laquelle il avait pâli des
années entières, si une idée meilleure
venait à surgir. Il y a nombre de toiles
de Delaroche sur lesquelles, en cher-
chant, on retrouverait trois tableaux
superposés. On juge quel chagrin il dut
ressentir en lisant les articles de
M. Gustave Planche et de tant d'autres
journalistes hostiles, peu soucieux de
donner pour base à leurs appréciations la
même conscience et le même scrupule.
Donc, nous avons eu le droit de dire au
critique de la *Revue des Deux-Mondes* :

« — Vous avez écrit, monsieur, sous
l'empire du vermouth et de l'absinthe.

N'en déplaise à toute espèce de législation, cela doit être révélé, cela doit être connu. Le public est là pour infirmer les jugements qui n'ont pas été portés de *sang-froid* sur nos grands peintres comme sur nos grands littérateurs. »

A l'exemple du baron Gros, Paul Delaroche ne se noya pas de désespoir ; mais il prit la résolution de ne plus exposer une seule toile au Louvre ; et cette résolution, personne au monde n'a pu la vaincre, depuis l'année 1836 jusqu'à sa mort. C'est là tout ce que le public a gagné aux verres d'absinthe de M. Gustave Planche.

Nous avons dit précédemment que l'auteur de *Richelieu* et de *Mazarin* demeurait rue de la Tour-des-Dames, dans le voisinage d'Horace Vernet. Les deux peintres se lièrent d'amitié. Bientôt mademoiselle Louise Vernet, fille d'Horace, devint madame Paul Delaroche. C'était une femme supérieure qui joignait à une beauté de reine les dons les plus rares de l'esprit et une grande élévation de sentiments. Paul l'aimait au delà de tout ce qui peut s'exprimer. Il la regardait comme le génie de ses inspirations, comme la fée protectrice de sa gloire. Dans tous ses tableaux il reproduisait l'image de cette compagne adorée (1), qu'une mort cruelle devait sitôt ravir à sa tendresse. Madame Delaroche mourut à la fleur de l'âge, après avoir rendu son mari père de deux garçons. Jamais douleur ne fut comparable à celle du peintre. On le vit tomber dans un accablement extrême, et, dès lors, son existence fut brisée.

Nous anticipons sur les événements.

(1) Les journaux, depuis trente ans, disent et répètent que la *Sainte Cécile* de Delaroche est le portrait de sa femme. Ils sont dans l'erreur. Les traits purs et doux du premier des deux anges qui offrent l'instrument à la sainte, et non ceux de la séraphique musicienne elle-même, appartiennent à la fille d'Horace.

Il faut revenir sur nos pas. Les tableaux de *Strafford marchant au supplice* et de *Charles Ier insulté par les soldats de Cromwell* furent donc les derniers exposés au Louvre. Paul Delaroche composa la *sainte Cécile* en 1837. C'est une œuvre d'une grâce exquise et d'une limpidité de coloris qui semble empruntée à la palette de Giotto.

Dans l'atelier de la rue de la Tour-des-Dames, le maître réunissait de nombreux élèves sous sa direction. Partout et sans cesse il leur prêchait le désintéressement et la noble indépendance des arts.

— Point d'idée de lucre, leur disait-il. Ne vous préoccupez en aucune sorte de ce que vous gagnerez. Faites un beau tableau : l'argent viendra de lui-même avec la gloire.

Il aimait ses élèves; il les appuyait d'une protection constante, faisant pour eux des démarches qu'il n'eût jamais faites pour lui, sollicitant les riches amateurs et obtenant à ces jeunes peintres des commandes inespérées. MM. Robert Fleury, Cabanel, Comte, Jalabert, Bénouville et vingt autres peuvent dire si nous sommes ou non véridique. Un jour, Delaroche faisait le portrait de Pereire :

— Je vous félicite, lui dit-il, sur le luxe qui se déploie dans votre hôtel. Vous gagnez, on le voit, des montagnes d'or. Mais, sans le goût des arts, à quoi bon cette richesse? Vous ne savez pas combien de talents inconnus vous pourriez protéger et servir.

Cette réflexion du grand artiste frappe le financier. Deux jours après il arrive chez Delaroche.

—Vous avez raison, mon ami, dit-il, fortune oblige. A dater d'aujourd'hui, je mets une somme annuelle de cinquante mille francs à votre disposition. Vous commanderez les tableaux vous-même et vous en fixerez le prix.

A la bonne heure ! L'élève banquier

de **M.** de Rothschild a plus fait en un jour que son ex-patron ne fera dans toute sa carrière.

Paul Delaroche a soutenu de son active obligeance beaucoup d'artistes, aujourd'hui en vogue, et qui jamais ne furent ses élèves (1). Un jeune peintre reçoit une lettre qui l'appelle chez le directeur des Beaux-Arts. On lui donne une commande superbe. Il s'émerveille, et croit devoir aller remercier le député de sa province, aux sollicitations duquel il attribue cette heureuse affaire. Le ventru (c'était à l'époque mémorable du Système) ne juge pas à propos de dépersuader son compatriote. Bientôt de nouvelles commandes suivent la première, et l'artiste

(1) Il se dérangeait avec une complaisance extrême pour aller voir leurs tableaux. Il finit par consacrer à ces visites un jour de la semaine. Ce jour-là, Delaroche ne travaillait pas et employait toutes ses heures à guider les artistes qui réclamaient ses conseils.

d'aller toujours exprimer sa gratitude à l'homme des centres, qui le laisse de plus en plus croire à son omnipotence. Enfin la vérité se découvre. Le jeune homme s'empresse de courir chez son véritable protecteur, se confond en excuses, et déclare qu'il lui doit tout, ses succès, sa fortune, son avenir.

—Non, mon cher, vous ne me devez rien, répond celui-ci. En vous appuyant auprès du ministre, j'ai rendu service à la peinture.

Paul Delaroche était fort grave de caractère, ce qui ne l'empêchait pas, lorsque l'entretien s'échauffait dans un salon, de montrer un esprit charmant et plein de verve. Il avait les manières les plus distinguées et les plus gracieuses. En un mot, c'était un véritable gentleman, qui ne comprenait ni les allures cassantes ni les mœurs excentriques de la plupart de ses confrères. Les charges de rapin lui déplaisaient souverainement. Un jour il ferma son atelier, pour avoir été témoin d'une de ces plaisanteries ridicules et niaises, bonnes tout au plus à gêner le travail et à faire perdre courage aux natures paisibles et laborieuses. Il ne conserva que trois ou quatre élèves, qui étudiaient sérieusement et dont il n'avait point à se plaindre.

Si Paul Delaroche n'exposait plus ses tableaux, ils n'en étaient pas moins connus du public, et Goupil, son intelligent éditeur, les popularisait au moyen de la gravure (1).

A cette époque, M. Thiers était ministre. On parlait de commencer les grands travaux de peinture de la Madeleine. Delaroche fut prié de se rendre au ministère, où on lui fit l'honneur de le consulter sur le mode d'exécution générale.

(1) M. Goupil a débuté par la reproduction de *Philippo Lippi*, c'est-à-dire par l'un des premiers tableaux du maître.

— Croyez-moi, dit-il à Thiers, ne donnez cela qu'à un seul peintre.

—Bon ! Et pourquoi?

— Parce que le travail manquerait d'unité.

— Diable ! mais cependant...

— Je vous assure qu'il y a danger réel à donner l'œuvre à plusieurs palettes. L'une sera coloriste, l'autre ne le sera pas. Celle-ci vous peindra une Madeleine blonde, celle-là une Madeleine brune. Réfléchissez-bien. Je ne demande pas à exécuter ces travaux. Donnez-les à un autre, pourvu qu'il fasse tout.

Thiers semble convaincu de la vérité du raisonnement.

—Eh bien, dit-il, mon choix s'arrête sur votre pinceau. Prenez vos mesures, organisez la chose. Il y a pour les premiers frais vingt-cinq mille francs à votre disposition dans la caisse du ministère.

Paul Delaroche fait ses malles et se

rend en Italie pour y étudier la peinture mystique. Il y reste deux années entières, à disposer les esquisses, les ébauches. Ce travail préparatoire est sur le point d'être achevé, quand il apprend que le ministre, en son absence, a donné la coupole à Ziégler. Delaroche plie ses cartons, revient en France, déclare qu'il abandonne tout, et renvoie les vingt-cinq mille francs qu'on lui a versés pour les dépenses préalables, trait d'orgueil artistique d'autant plus beau, qu'à cette époque il était loin d'être riche. On l'appelle au ministère, il n'y va pas. Aussitôt M. Thiers d'accourir chez le peintre et de se confondre en excuses.

— Que voulez-vous? dit-il, cela s'est fait comme toujours, par une intrigue de femme. Revenir là-dessus à présent est difficile, pour ne pas dire impossible.

— Une intrigue de femme dans une question d'art! murmure Delaroche, haussant les épaules.

— Oui, c'est absurde. Aussi je vous rapporte les vingt-cinq mille francs; on ne les reprendra pas. Il est trop juste que vous gardiez cela comme indemnité, mon cher... Adieu!

Jetant les billets de banque sur une table, il disparut, avant que Delaroche, au comble de la stupeur, ait pu faire un geste ou prononcer une parole.

—Ah! les voilà bien! s'écria-t-il : de l'or pour un passe-droit, de l'or pour un affront, de l'or pour votre âme! O gouvernement du cynisme, je te reconnais!

Il porta les vingt-cinq mille francs à la caisse des dépôts et consignations, puis il somma par huissier le ministère de les reprendre. On décida Louis-Philippe à intervenir.

— Voyons, monsieur Delaroche, voyons, dit le roi, c'est de l'enfantillage! Si vous persistez à ne rien faire à la Madeleine, acceptez autre chose. Voulez-vous peindre l'hémicycle du palais des Beaux-Arts? Là vous serez seul, nous vous le promettons.

— J'accepte, Sire, dit le peintre en s'inclinant.

Thiers assistait à l'audience.

— Bravo ! s'écria-t-il. Ainsi vous ne me gardez plus rancune?

—Non, monsieur, répond sèchement Delaroche.

— Eh bien, je vous en demande une preuve.

— Laquelle?

— Faites mon portrait.

— Je le ferai, monsieur.

Commencé dans les derniers mois de 1837, ce portrait ne fut achevé qu'au milieu de 1855, c'est-à-dire environ dix-huit ans plus tard. Delaroche donna la preuve que demandait M. Thiers , mais il y mit le temps.

Revenons à l'hémicycle du palais des Beaux-Arts. Il ne s'agissait d'abord que d'un tableau de douze pieds et de quinze figures. Voyant la disposition

de la salle, Delaroche dit à l'architecte :

— Laissez-moi toute la frise.

Mais les dispensateurs des fonds
prirent l'alarme; ils représentèrent à
l'artiste qu'on n'aurait pas de quoi lui
payer ce travail gigantesque.

—Tranquillisez-vous, répondit-il, je
ne demande rien de plus. Seulement
que le ministère souscrive à la gravure, et nous serons quittes.

Au bout de quatre ans, Paul Delaroche offrit à l'admiration générale une
fresque vraiment sublime. Sous un
immense portique en pleine lumière,
siégent trois personnages, graves et
solennels comme des juges. C'est Phi-
dias, l'Homère de la sculpture; c'est
Apelles, l'auteur de *Vénus Anadyomène;*
c'est Ictinus, l'architecte du Parthé-
non. Tous trois, vêtus de blancs man-
teaux et couronnés de laurier d'or,
assistent au grand concours des siècles.
A leurs pieds une nymphe se penche

et ramasse la couronne destinée au vainqueur. Les juges semblent assistés par quatre femmes, dont les deux premières personnifient l'art grec et l'art romain ; la troisième représente la peinture religieuse au moyen-âge, et, dans la quatrième, on reconnaît la peinture moderne. Chaque type a le cachet de son époque et de son génie. Devant le portique, à droite et à gauche, les uns debout, les autres assis sur les degrés de marbre, peintres, sculpteurs, architectes, tous ceux dont la postérité, depuis deux mille ans, nous a transmis les noms, se groupent dans un harmonieux ensemble, sans hiérarchie de gloire, sans distinction de pays. Chacun de ces grands hommes se rapproche toutefois naturellement des artistes qui ont suivi le même chemin que lui pour arriver à la célébrité. Dans le groupe des architectes, autour du vénérable Arnolfo di Lopo, voilà tous les habiles constructeurs qui ont semé l'Europe de cathédrales et de palais, Sansovino, Robert de Luzarche, Pierre Lescot, Palladio, Bramante, Erwin de Steinbach, Philibert Delorme, Vignole, etc. Les princes de la sculpture écoutent respectueusement discourir deux vieux maîtres italiens, Nicolas Pisano et Lucca della Robbia. Au milieu de ce second groupe, on reconnaît Donatello, Jean Goujon, Puget, Benvenuto Cellini et tous leurs émules. Dans le troisième groupe, les peintres illustres prêtent l'oreille aux dissertations de Léonard de Vinci, le roi des dessinateurs. Il y a là Raphaël, fra Bartolomeo, le Dominiquin, Albert Durer, Michel-Ange et le Giotto. Retiré seul à l'écart, le Poussin, rêveur, semble demander à l'avenir les couronnes qui attendent l'école française. A l'autre extrémité de l'hémicycle est le rendez-vous des coloristes. On reconnaît Claude Gelée, dit le Lorrain, Ruysdaël et Paul Potter. Plus loin, autour de

Tiziano Vecelli (le Titien), voici Rubens, Van Dyck, Murillo, Velasquez, Antonio de Messine, Giorgione, le Caravage, Paul Véronèse et le Corrége. Une multitude aussi considérable de personnages accumulés n'engendre ni confusion ni désordre. Tout s'explique, tout se comprend, tout est naturel. C'est un poème complet, une vaste épopée, où le pinceau de Paul Delaroche rivalise avec la plume du Dante. Jamais la gloire artistique ne fut présentée au regard des hommes avec un plus majestueux rayonnement.

Le 16 décembre 1855, un incendie menaça de détruire le chef-d'œuvre. Heureusement on parvint à dompter l'action des flammes, et les dégâts furent réparés par l'auteur du tableau lui-même.

La gravure de l'hémicycle a coûté huit ans à Henriquel Dupont. Comme il était impossible de rester au palais des Beaux-Arts pendant un aussi long intervalle, les élèves de Delaroche firent une copie que le maître voulut retoucher. Pour accomplir cette tâche on assure qu'il resta trois semaines en face du tableau primitif. C'était au milieu de l'hiver; impossible de chauffer suffisamment la salle, et le portier des Beaux-Arts enveloppait Delaroche dans des couvertures de laine.

La conscience du grand peintre, jointe à la sévérité rigoureuse avec laquelle il jugeait ses propres compositions, le décida à abandonner, dans le cours de sa vie artistique, un grand nombre de toiles dont il n'était pas satisfait. Ainsi Louis-Philippe lui avait commandé pour Versailles trois tableaux, le *Baptême de Clovis*, — le *Sacre de Pépin*, — le *Sacre de Charlemagne*. Chaque toile était prête et couverte de son esquisse. Tout à coup Delaroche fait dire au ministère qu'il n'achèvera pas ces peintures.

— Mais, lui dit-on, la besogne faite

est considérable ; nous vous devons un dédommagement.

— Non, répondit-il, je n'accepterai rien.

Le ministère insiste. On lui offre trente mille francs ; il les refuse et fait reprendre à Versailles ses toiles et ses couleurs.

A coup sûr on va dire que nous n'écrivons pas l'histoire d'un homme de notre siècle. Paul Delaroche n'aimait pas la cour citoyenne. Il ne voulait se lier vis-à-vis du roi des barricades par aucune espèce de reconnaissance. Fille et femme de deux peintres dont le pays s'honore, madame Delaroche tenait à être présentée à la cour. Louis-Philippe recevait, à cette époque, nombre d'épiciers de la rue Quincampoix et de la rue aux Ours, par conséquent il pouvait faire accueil à l'une des femmes les plus distinguées et les plus charmantes de la société parisienne. Point. Il repousse la demande et ne donne aucun motif pour justifier cette espèce d'affront. Quelque temps après, Marie-Amélie manifeste le désir d'avoir son portrait de la main de Paul Delaroche, l'artiste répond :

— Impossible! Est-ce que je fais le portrait de gens qui ne me reçoivent pas?

Le mot fut redit au roi.

— Eh! s'écria Louis-Philippe, que les artistes viennent aux Tuileries, j'y consens de grand cœur (quel effort!), pourvu qu'ils y viennent sans leurs femmes. Si nous recevons madame Delaroche, il faudra demain recevoir madame Ingres, une ancienne cuisinière!

Et pourquoi pas, Majesté, si l'ancienne cuisinière est une femme de dévouement et de cœur? Un grand artiste l'a élevée jusqu'à lui, donc elle peut monter jusqu'à vous.

On a eu tort d'insinuer que cette rancune de Paul Delaroche contre les d'Orléans avait motivé le retrait des toiles de Versailles. Les pages d'histoire qu'on lui donnait à reproduire ne l'inspiraient point, et jamais, en pareille circonstance, il ne sacrifia l'honneur de sa palette aux conseils plus ou moins intéressés du coffre-fort.

Bien qu'il n'expédiât plus rien au Louvre, messieurs les critiques ne jugeaient pas convenable de le laisser en repos. Nous retrouvons sous nos yeux un passage de *Lutèce*, où Henri Heine, le poète fantasque et trop souvent irréfléchi, fait cause commune avec les ennemis du grand artiste.

« Goupil et Rittner, dit-il, ont publié les gravures de presque toutes les œuvres connues de Delaroche. Ils nous ont donné, il y a quelque temps, son *Charles Ier*, à la veille de l'exécution, lorsqu'il fut bafoué dans sa prison par les soldats et les geôliers ; et, comme pendant, nous reçûmes dans le même format le *Comte de Strafford marchand* *au supplice* et passant devant la prison de l'évêque Law, qui donne sa bénédiction au comte entraîné par les bourreaux. Nous ne voyons de l'évêque que ses deux mains, avancées à travers la lucarne grillée de la geôle, et ne ressemblant pas mal à deux bras de bois d'un indicateur de chemin au carrefour d'une grande route, procédé prosaïque et visant à un effet absurde. Dans le même magasin d'estampes a paru aussi la grande pièce de cabinet de Delaroche, *Richelieu mourant*, assis dans une barque et descendant le Rhône en compagnie de ses deux victimes, les chevaliers Cinq-Mars et de Thou, condamnés à mort. Les *Enfants d'Edouard*, deux jeunes princes que Richard III fait égorger dans la Tour de Londres, sont le plus gracieux tableau de Delaroche dont la gravure ait paru chez les mêmes marchands d'estampes. Actuellement ils font graver une peinture du même artiste qui représente *Marie-Antoinette dans la prison du Temple*. La malheureuse reine est vêtue, sur ce tableau, d'une façon extrêmement indigente, presque comme une pauvre femme du peuple, ce qui arrachera sans doute au noble faubourg les pleurs les plus légitimes. Un des principaux ouvrages à émotion sorti du pinceau de Delaroche, et représentant la reine *Jane Grey* au moment de poser sa petite tête blonde sur le billot, n'est pas encore gravé, mais paraîtra également sous peu. Sa *Marie Stuart* n'a pas été non plus gravée jusqu'à présent. Le tableau de Delaroche qui a produit le plus d'effet, bien que ce ne soit pas son meilleur, c'est *Cromwell* soulevant le couvercle du cercueil où gît le corps sanglant du roi Charles Ier. Delaroche montre une singulière prédilection, pour ne pas dire idiosyncrasie, dans le choix de ses sujets. Ce sont toujours d'éminents personnages, principalement des rois ou des reines, qu'on exécute, ou qui du moins sont échus au bourreau. M. Delaroche est le peintre ordinaire de toutes les majestés décapitées. C'est un artiste lugubrement courtisan, qui a mis sa palette au service de ces hauts et très-hauts délinquants, et son esprit en est préoccupé, même lorsqu'il fait les portraits de potentats morts sans le ministère de l'exécuteur des hautes œuvres. Ainsi, dans son tableau de la *Mort d'Elisabeth d'Angleterre*, nous voyons la reine aux cheveux gris se rouler de désespoir sur le parquet, tourmentée à son heure suprême par le souvenir du comte d'Essex et de Marie Stuart, dont son œil fixe semble voir apparaître les ombres sanglantes. Ce tableau est un des ornements de la galerie du Luxembourg. Il n'est pas aussi horriblement banal ou banalement horrible que les autres peintures du genre historique du même maître, toiles favorites de la bourgeoisie, de ces braves et honnêtes citadins qui regardent les difficultés vaincues comme le zénith de l'art, qui confondent l'effroyable avec le tragique, et qui se laissent volontiers édifier par des exemples de grandeurs déchues, dans la douce conviction où ils sont de trouver leurs propres chères personnes à l'abri de semblables catastrophes, au sein de l'obscurité modeste d'une arrière-boutique de la rue Saint-Denis (1). »

Nous avons cru devoir citer ce passage, parce qu'il est, pour ainsi dire, l'écho modéré et fort adouci des articles injurieux lancés par dame critique à Paul Delaroche.

L'auteur de *Jane Grey*, de *Cromwell* et de *Marie-Antoinette* avait évidemment le génie porté aux compositions tristes, aux scènes lugubres. Ces tendances augmentèrent même, on l'avoue,

(1) *Lutèce*, par Henri Heine, page 225 et suivantes (édition Michel Lévy).

après la mort de madame Delaroche.
Mais rien n'oblige un peintre à ne choisir que des sujets gracieux et réjouissants au coup d'œil. Chacun suit la pente où l'inspiration l'entraîne et l'on n'argue pas de Molière pour détrôner Shakspeare. Tous ces reproches absurdes, la critique n'a pas osé les reproduire dans ces derniers jours. Delaroche n'est plus. Ses détracteurs font silence, et l'éloge succède au blâme. « Sage, tout en étant original, dit M. Delécluze, dans son article des *Débats*, Paul Delaroche a su rendre avec une grande supériorité ce qu'il avait dans l'âme et ce que lui suggérait son imagination. Tout ce qu'il a fait a un cachet de vérité et de profondeur extrêmement remarquable. »

Emile de la Bédollière ajoute dans le *Siècle* :

« Il s'attachait surtout à choisir des sujets intéressants, à en saisir le côté dramatique, à impressionner le specta-

teur. Si ce n'est pas un grand coloriste,
il y a dans quelques-uns de ses tableaux, notamment dans le *Cromwell*,
une remarquable puissance de ton.
Avant de peindre une scène quelcon-
que, il se transportait par des travaux
préliminaires à l'époque où elle s'était
passée. Il se pénétrait de l'esprit et des
mœurs du temps; il en étudiait minu-
tieusement les costumes, les meubles,
l'architecture. Les résultats de ses recherches consciencieuses sont remarquables dans l'*Assassinat du duc de
Guise*, petit chef-d'œuvre qui s'est élevé
au prix de cinquante-deux mille francs,
à la vente de la collection du duc d'Orléans. »

Du jour où Delaroche n'exposa plus
un seul tableau, ses qualités, déjà si
puissantes, se développèrent d'une façon prodigieuse. N'étant plus en proie
à de perpétuelles agaceries et refusant
même de jeter les yeux sur les journaux qui prononçaient son nom, le

grand peintre travaillait dans le calme, élaborant ses pensées et suivant l'impulsion de son génie. L'hémicycle, exécuté dans ces conditions de repos et de dédain pour le qu'en dira-t-on, suffirait seul pour rendre immortel le nom de son auteur. De 1841 à 1856, les principales œuvres exécutées par Paul Delaroche, sont : les *Vainqueurs de la Bastille*, — *Hérodiade*, — *Napoléon Ier dans son cabinet*, — *Pierre le Grand*, — la *Vierge à la vigne*, — *Marie dans le désert*, — *Napoléon à Fontainebleau*, — le *Christ avec les Apôtres au jardin des Oliviers*, — le *Passage des Alpes par Charlemagne*, — *Napoléon franchissant le Saint-Bernard*, — *Marie-Antoinette après sa condamnation*, — *Mater dolorosa*, — *Moïse exposé sur le Nil*, — l'*Ensevelissement du Christ*, — la *Communion de Marie Stuart* (1), — les *Giron-*

(1) Cette œuvre est la propriété de M. Goupil, ainsi que le petit tableau de l'hémicycle,

dins, (1), et la *Vierge chez les saintes Femmes.* Plusieurs de ces tableaux, déjà connus précédemment, furent retouchés par l'artiste, avec cette persévérance dans la recherche du beau qui a signalé sa carrière.

Delaroche a excellé dans le portrait. Toutes ses compositions dans ce genre difficile sont empreintes d'un cachet de vérité grave et profonde. Au nombre de ces portraits, on cite comme les plus connus ceux du marquis de Pastoret, — de mademoiselle Sontag, — du duc de Fitz-James, — de M. Guizot (gravé en taille-douce par Calametta), — du général Bertrand, — d'Auber, — de M. de Salvandy, — de M. de Rémusat, — de François Delessert, — du duc de

le *Christ au jardin des Oliviers, Sainte Amélie* et plusieurs autres dont nous avons fait mention, savoir : *Une martyre,* l'*Offrande au dieu Pan,* etc.

(1) Ce tableau, de très-petite dimension, a été vendu 50,000 francs.

Noailles, — du général Changarniér, — de M. Emile Péreire, — de la princesse de Beauveau, — du prince de la Cisterna, — de la princesse Shouvaloff, et celui de M. Thiers, qui fut achevé le dernier. Nous aurions tort de passer sous silence le portrait de M. Pourtalès, ami intime de Paul Delaroche. Très-riche et d'une générosité de caractère en rapport avec sa fortune, M. Pourtalès ne manquait jamais l'occasion de flatter par quelque agréable surprise, la passion du peintre pour les choses élégantes, les objets d'art et les toiles des vieux maîtres (1). A la vente de la galerie Aguado, il dit à Delaroche :

— Mon cher, il faut aller voir cela.

— Non vraiment, répondit le peintre.

(1) Paul Delaroche avait une admirable collection de tableaux et de gravures. Il possédait des Rembrandt, des Albert Durer et des Murillo du plus grand prix.

— Pourquoi ?

— D'abord parce qu'il n'y a que des croûtes. Sauf quatre ou cinq tableaux, je ne donnerais pas cent écus de la galerie tout entière.

— Mais ces quatre ou cinq tableaux...

— Ah ! par exemple, ceux-là seront couverts d'or. Il y a surtout un Jean Bellin (1) magnifique.

— Etes-vous sûr de l'authenticité de l'œuvre ?

— Parbleu ! Je vous certifie que cette toile montera haut à l'enchère. Mais je n'ai pas le sou, et je reste chez moi. De cette façon je n'aurai point de regret.

Le lendemain, entrant dans son atelier, Delaroche aperçut la toile du maître vénitien. M. Pourtalès lui écrivit laconiquement :

« Mon ami,

« De tels chefs-d'œuvre ne doivent

(1) Peintre de l'école vénitienne, qui eût pour élèves Giorgione et le Titien.

appartenir ni à des bourgeois, ni à des banquiers. »

Grâce à ses mœurs dignes, à la tenue parfaite et à la distinction de son esprit, Paul Delaroche était constamment l'objet des prévenances du monde. La société d'élite se faisait une gloire de l'accueillir, et les plus hauts personnages de l'époque fréquentaient son salon. Tout en ayant des idées extrêmement libérales, il ne fit jamais aux révolutionnaires l'honneur de leur tendre la main. La nature même de son génie le portait au sentiment religieux, et, par suite, au respect du pouvoir, dans le sens évangélique du mot. Nous avons entendu dire de Paul Delaroche :

— C'était un philosophe, et nullement un homme de foi. Son plus grand tort, dans ces derniers temps, a été d'aborder la peinture chrétienne. Il a surexcité en lui le sentiment de la douleur physique. Au troisième tableau de ce genre, il a succombé.

Explication pour explication, nous aimons mieux celle d'Eugène Guinot :

« Je ne suis pas capable de décider si le peintre de *Jane Grey* était un grand peintre, dit-il; mais ce que je sais, c'est que c'était un grand cœur. La maladie à laquelle il a succombé, c'est la perte de sa femme. »

Ne faut-il pas qu'on essaie, en ce monde, d'expliquer tout, même la mort?

Du reste, il faut être bien mauvais juge pour s'imaginer qu'un artiste du caractère de Paul Delaroche aurait traité sans conviction des sujets religieux. M. Delécluze, que nous avons déjà cité, ne partage pas cette erreur. Dans sa remarquable notice il exprime des idées qui viennent complétement à l'appui des nôtres. « Nous arrivons, dit-il, aux dernières années de la vie de Paul Delaroche et à la série de compositions auxquelles il a travaillé avec une ardeur toute particulière, celles où il s'est plu à représenter les principales circonstances de la mort du Christ. Il avait préludé à ces grandes scènes de douleur relatives à la Passion en terminant un de ses meilleurs tableaux, les *Girondins* près d'aller à la mort. Dans ce dernier ouvrage, où un fait contemporain n'admettait que la réalité, le peintre, par la force et la dignité des expressions données à ses personnages, a relevé un sujet qui ne permettait pas de s'éloigner des souvenirs historiques encore tout récents, et de la ressemblance exacte des acteurs de cette scène lugubre. Delaroche a triomphé de ces difficultés; mais il semble que son âme avait besoin de s'entretenir d'idées et de scènes d'une tristesse plus élevée. Il conçut le projet, pour obéir à la nature de son génie, de faire une suite de compositions sur la mort du Christ, mais considérée d'un point de vue nouveau, comme s'il eût assisté lui-même à ce grand drame. Il peignit donc dans de petites dimensions *Jésus au jardin des Oliviers* et l'*Ensevelissement du Christ*. Puis il représenta les saintes femmes à genoux dans une chambre sombre. A leur tête est la Vierge, mère de Jésus. Elles aperçoivent par une fenêtre les piques des soldats qui conduisent l'Homme-Dieu au supplice. Dans cette scène profondément triste, la douleur réelle est exprimée avec tant de sincérité, que l'âme, remplie de ce spectacle, ne demande rien de plus au peintre. Poursuivant cette œuvre terrible, l'artiste peignit la Vierge rentrée dans sa chambre et considérant avec une douleur indicible la couronne d'épines teinte du précieux sang de son fils. Enfin il était en train de travailler au dernier acte de ce drame lugubre, l'évanouissement de la Vierge, entourée des apôtres et des saintes femmes, lorsque la mort l'a subitement frappé. Sévère et difficile pour lui-même, il n'était pas encore satisfait de cette dernière composition, et j'ai vu sur la toile les changements qu'il y a apportés. Ces ouvrages, où il a tracé les événements principaux de la mort du Christ, portent un caractère d'originalité tout à fait remarquable. Dans cette suite de tableaux, l'âme et l'esprit de Delaroche sont complétement empreints. Il les a faits pour lui, pour se satisfaire, n'obéissant qu'à son inspiration pure et dégagée de tout le poids des traditions ordinairement imposées à ceux qui traitent de pareils sujets. »

L'auteur de cet article ignorait une chose destinée à prouver une fois de plus encore le noble désintéressement artistique du maître. Un opulent amateur ayant vu chez Goupil le petit tableau de la *Vierge devant laquelle on apporte les instruments de la Passion*, se décida du premier coup à en offrir vingt-cinq mille francs.

— C'est un prix superbe, dit Goupil à Delaroche, et les autres n'iront pas là. Je vous invite à conclure.

— Non, répondit le peintre. Ces tableaux forment série. Je ne consentirai jamais à ce qu'on les sépare.

— Mais une occasion pareille ne se représentera plus.

— Qu'importe? On les vendra tous ensemble vingt mille francs, dix mille francs, ce qu'on pourra; mais je ne diviserai pas l'œuvre.

Il ne cessait de répéter à son éditeur :

— Ne vous inquiétez pas de ce que doit me rapporter une gravure. Sacrifiez tout à l'exécution.

Personne jusqu'ici n'a mentionné un fait curieux : Delaroche peignait de la main droite et dessinait de la main gauche. Sans doute il était de l'avis de beaucoup d'hommes sages et condamnait cet aveugle entêtement de l'éducation qui persiste à laisser une de nos mains inactive, tandis que l'autre est chargée de toute la besogne.

Une des plus grandes qualités de Paul Delaroche consistait à rendre pleine et entière justice à chacun de ses confrères. Ingres haussait les épaules ou fermait les yeux quand il passait devant les coloristes, déclarant qu'il réservait à Raphaël ses admirations et ses extases. Bien loin d'imiter cette morgue exclusive, cette inqualifiable partialité, le héros de ce livre honorait toutes les écoles, donnant à chacune les éloges qui lui sont dûs, et ne contraignant jamais ses élèves à être de la sienne. Constamment il les poussa vers le genre de talent qui leur était propre.

— Ne suivez pas ma route, leur disait-il, si la vocation et vos goûts vous entraînent ailleurs. La gloire a plus d'un sentier. Marchez dans le vôtre.

Depuis quelque temps, Paul Delaroche souffrait d'une affection de foie; mais personne autour de lui ne le croyait en péril. Sa mort fut un coup de foudre. Il était en train de causer, le mardi 4 novembre 1855, avec son fils Horace et quelques visiteurs. Ces derniers se levaient pour prendre congé de lui, quand un coup de sonnette se fit entendre à la porte.

— Horace, dit le peintre, va donner des ordres pour qu'on ne laisse plus entrer personne. J'ai ma correspondance à faire.

Le jeune homme alla s'acquitter de cette commission. Deux minutes après, lorsqu'il rentra dans la chambre, son père avait rendu le dernier soupir.

Horace Vernet, en prenant Paul Delaroche pour gendre, comptait greffer illustration sur illustration, et perpétuer dans la famille cette royauté du pinceau qui dure depuis deux siècles; mais ni l'un ni l'autre de ses petits-fils n'a la vocation des arts. L'aîné, qui est son filleul, s'appelle Joseph-Carle-Horace-Paul. Il a reçu tout à la fois au baptême le nom de quatre grands peintres, de son trisaïeul, de son bisaïeul, de son aïeul et de son père, mais sans ambitionner leur gloire. Avec Paul Delaroche, la dynastie s'est éteinte.

FIN.

DECAMPS

DECAMPS

DECAMPS

Voici un peintre qui, de son vivant, et grâce à la sottise humaine, a failli ne pas obtenir pleine justice.

Il y a malheureusement dans les arts de serviles adorateurs de la routine, toujours prêts à méconnaître le génie aventureux, qui s'écarte des sentiers battus et vise à l'originalité. Messieurs du jury de peinture, après avoir, pendant plusieurs années successives, fait à beaucoup de toiles de Decamps l'injure d'un refus systématique, ont dû rougir de honte, en voyant ces mêmes toiles triompher à l'Exposition universelle de 1855, et disputer la palme aux tableaux de nos plus grands peintres.

Alexandre-Gabriel Decamps est né à Paris, en 1803.

De tous les amis de la belle nature artistique, il fut évidemment le plus enthousiaste et le plus rempli de ferveur.

En 1828, il alla demander au ciel de l'Orient ces splendides effets de lumière, que l'ignorance accusait d'exagération, et qui passent aujourd'hui pour des chefs-d'œuvre du genre.

On ne les trouve que dans ses tableaux.

Quand on expose à une vente publique un paysage de Decamps, on est sûr de le voir couvrir d'or.

Les plus remarquables de ces paysages sont : la *Halte des Cavaliers arabes,*

— la *Ronde de Smyrne*, — le *Paysage en Anatolie* et les *Anes d'Orient.*

Cet artiste excellait surtout à peindre les animaux. On peut dire de lui qu'il a été le Grandville de la palette.

Il savait admirablement donner à ses types l'expression de la physionomie humaine, et y joindre une finesse de caractère inconcevable, un cachet de sentiment tout particulier. Ses meilleures compositions de ce genre représentent des scènes pittoresques et fantastiques, où des chevaux, des ânes, des singes, des poules et jusqu'à des tortues jouent le principal rôle.

Il s'est vengé des juges maladroits de l'académie de peinture par son spirituel tableau des *Singes experts*, que la lithographie et le burin ne se lassent jamais de reproduire.

C'est une admirable fantaisie satirique, exécutée avec une verve inimitable.

Rosa Bonheur, qui peint aujourd'hui

les animaux, se borne à les représenter en fidèle naturaliste; mais Decamps et Grandville leur prêtent un esprit délicieux, et les font agir et parler, comme faisait Lafontaine.

Sûr de l'injustice de ses critiques, Decamps ne perdit jamais courage, et resta ferme dans la route qu'il s'était tracée. De riches amateurs le visitaient souvent dans son atelier, et lui commandaient une foule de tableaux, qui restèrent inconnus, jusqu'au jour où ils firent, au nombre de plus soixante, leur apparition solennelle sous les yeux d'un public confondu de surprise. Ils appartenaient à lord Seymour, à M. Duchâtel, à Rothschild, au docteur Véron, à MM. d'Harcourt et de Morny.

Quand le célèbre artiste reçut des mains de Napoléon III la grande médaille d'honneur, le sentiment général la lui avait depuis longtemps décernée.

Dès ce jour, il se trouva, dans la pléiade artistique moderne, à sa véritable place, c'est-à-dire à côté d'Ingres, d'Horace Vernet et d'Eugène Delacroix.

Le cadre restreint de ces trop courtes notices supplémentaires, que nous devons surtout compléter pour les lettres, afin de rester dans le sens de la collection primitive, ne nous permet pas de céder au vif désir qui nous prend d'analyser la *Sortie de l'Ecole turque*, — le *Souvenir de la Turquie d'Asie*, — le *Boucher turc*,—le *Café turc*,—le *Grand Bazar turc*, — et les *Enfants turcs jouant avec des tortues*, pages ravissantes, inondées des reflets d'or du soleil oriental.

Au nombre des tableaux exposés en 1855, on remarquait la piquante collection des singes, autour de laquelle se pressait constamment la foule : le *Singe Peintre*, — le *Singe au Miroir*, — les *Singes Boulangers* et les *Singes Charcutiers*.

Une des meilleures toiles du grand

artiste, le *Passage du Gué*, est aujourd'hui au musée du Louvre.

Decamps n'excellait pas seulement dans la peinture de genre. On a de lui des chefs-d'œuvre dans la peinture historique : les *Scènes de la vie de Samson,* — *Joseph vendu par ses Frères,* — *Moïse sauvé des eaux,* — le *Siége de Clermont* et la *Défaite des Cimbres.*

Evidemment, ce peintre illustre n'avait pas terminé son œuvre, et son génie, pleinement reconnu, allait prendre un nouvel essor, quand un accident funeste, une chute de cheval, vint l'enlever tout à coup à la France et à la gloire.

Decamps mourut à Fontainebleau, le 20 août 1860.

FIN.

749.—VERDUN, IMPRIMERIE DE LAURENT.